U0070026

ENESS

陳克華詩集

2012. 張曉剛

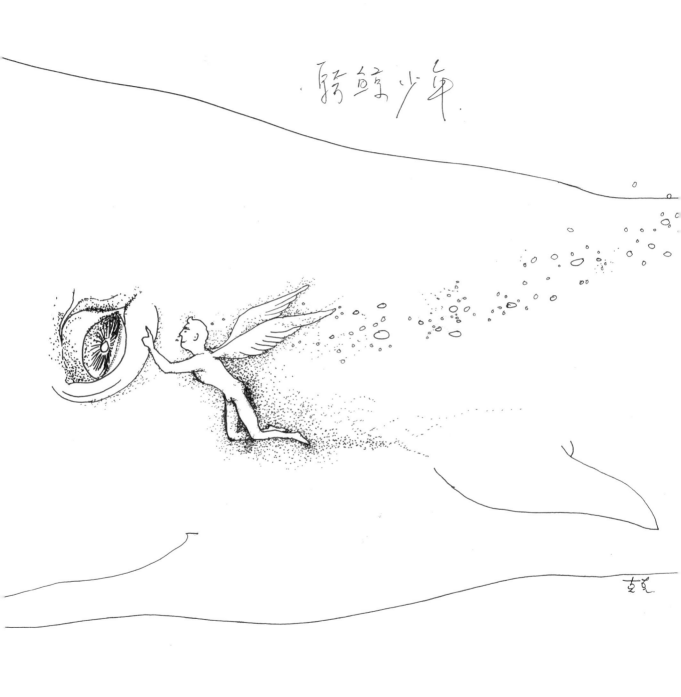

（序詩）那隻貓不再出現
——寫給Sun Cat

「貓死掛樹頭。
　狗死放水流。」

那隻貓不再出現，很久
很久以後你才察覺，久過
一隻狗。你提著

狗的沉重的屍體來到水邊
想起貓——
貓的重量當不至如此
想起貓一向的不留痕跡
以至當牠已消失好一陣子——
像是對人心的一種考驗似地：

你有多愛貓？

愛到能理解並

尊重一隻貓天賦的自由？

並能時刻牢記牠的**在**

與**不在**，並能

完全接受牠的

不給任何理由？

愛到給牠完整的孤獨

像給自己那般理所當然。在冥河般的水邊

我們放走狗的屍體

彷彿那是我們的靈魂

擅於吠咬，防衛，討好，和爭食——

只有貓

只有貓能統御

此刻的安靜——

此刻有無數出生與死亡

卻分毫無損的安靜；

我們彷彿感受到

神正踩著貓一般無聲的步子

出現在不遠處，微顫的樹梢……

2013/5

目次

Chapter 2　科幻

Chapter 3　愛情

Chapter 4　城市

Chapter 1

旅行

有一群人，我看見⋯⋯

在旅途中有一群人
總有一群人
圍著一張桌子，一塊碑，一棵樹
或是一團火，坐下來

眼神安靜，言語還在嘴裡孵化
但祕教的咒語已先籠罩
零落的微笑如鳥糞
偶然掉落臉上

像是要為這次遠行下個**艱難的**結論
或安排一個完美的謀殺
或是策劃
下個行程的隱祕高潮————

我從他們身旁經過

像是個驚覺今生如夢

而匆匆從隊伍中脫離的人……

2013/5

一本詩集遺忘在火車上

一本詩集遺忘在火車

的座椅背袋上。火車緩緩駛向

我從未到過的遠方

搖晃中詩集

和其中的詩　都漸漸睡著了

像青澀的豆

睡在初生的豆莢裡，青澀的詩句

曾被短暫咀嚼後

隨及吐出

像這本詩集被遺忘

像所有被人類拋棄的藝術

在時光不被覺察的搖晃裡

沉睡著到達火車旅行的終點

。我從不曾前往的

所有被寫壞的詩
被集中放逐的城鎮────

我在**中途**便下車了
把詩集留在火車上。

2013/5

反考古

現代人蓋起了聖經裡巴別塔式的高樓

聳入雲霄
不為了更接近天堂
而是方便未來的考古學家　不必再**深掘**黃土

便能找到：

黃金和武器
陶片與白骨

2012/12/20

回家的詩

——致劉麗安和劉麗安詩歌獎的詩人們

想必曾有那麼一刻我們就在人群裡走散了
否則不會每當
有人從背後拍我，喊我兄弟
便有回首

而看不見任何幽靈
而在悵然中只好寫詩
的衝動——

只好向著遙遠的虛無晚天
讓寫下的每一個字
都化身夜裡尋人的**咒**
召喚著詩國的失憶者

讓成群遊蕩的鬼魂們

轉身，互道：讓我附在你身上？

好將我們孤獨的血液釀成酒

為一場千年不散的宴席——

在猛然記起的每一首詩裡

原來都有鬼魂在找回家的路^(註)

那時我們將筆直穿過中國的夢

來到最初道別的渡津

為了無法採到一朵相贈的彼岸花

將滿地抱頭痛哭的頭顱

琢磨為一句簡單的問候

：久違了，我的弟兄。

2011/1/8

註：引自「全部的語言都渴望歸家。」（魯米語）

我誓言寫無法翻譯的詩

To know another is to know onself;
To know onself is to know the world.

為了確保對自己的理解
正確無誤

我誓言只用腳寫作
在散步過三條飄著破碎琴音的街之後

嚐過陌生人唾在路邊的冷眼
餵過那群並不饑餓　但固定聚集窗邊的鴉之後

在被駐守每個十字路口的小綠人追趕
影子被雲浸溼又被酷陽曬乾

之後，誤以為

對這世界也**理解無誤**

之後──開始

寫下一切正確無誤的詩

2012/12/22，2013/8/29

洪水之峯

天

空一

不小心

太過擁擠

雲積在神眼角

被擠下幾滴便有

洪峯移動在大陸板塊

相互推擠終於躓踣的地殼上

像蟻群的遷徙遭遇一支殺虫噴劑

突擊那些漂得起來漂不起來的都漂起來了

水深及踝：幾隻遊戲的拖鞋如魚從水面探出頭來

水深及膝：沉緩的腳步有浪親吻著一向乾躁的膝蓋

水深及腰：許多門窗變矮牲畜失蹤四足行走者的游泳速成班

水深及胸：死亡的預感壓迫著胸肋且不容許一腳踩空

水深及肩：扛起自己的肉體尋找任何一處上坡路段

水深及頸：是誰？誰一把抓住我的腳往下扯

水深及鼻：水如黃蛇鑽進我空敞的肺葉

水深及眉：聲音從屋頂如石墜入水中

水深及額：來不及進化出鰓和鰭了

水深及頂：於是生命開始倒數

五　不知何為溺斃沒頂的

四　人類跌入大水深處

三　死神向水神

二　附耳出了

一　個

好主

意

2011/11/4，2012/4/7

今晚的月光很好

有人問夏目漱石
I love you 如何翻譯成日文
最適當

夏目漱石曰：今晚的月光很好。

我將積了半個月衣物的**屍體**丟進洗衣機的深穴
為僵直的肩頸和挫傷的腳踝敷上昨日喝剩的酒精
走過長長的戰壕般的地下甬道上到舞台
順手將今晚瞥見的滿月拋棄如隱形眼鏡
戴上飛機上散發的廉價遮眼罩
筆直向前
踏上生活與思惟的鋼索——

感覺

有人正輕輕搖晃著……這條鋼索　那頭

我看不見的那個人呵
正輕輕搖晃著我足下……

（群眾注視中有人撤走了安全網）

以上是我的
中文翻譯。

2012/11/22

泥土裡

——二〇一二末日後寫給詩人嚴力

這裡，泥裡曾埋著一位死去的軍人

雖是軍人，但他對武器和殺人近乎無知
更懂得的　其實是莊稼

但他死了埋了很久，久了
成了泥土專家——

：「產甘蔗的泥土嚐起來是甜的，
而種高粱的泥土就帶有濃濃酒味…」

彷彿泥土是一種藥
吃了便能長出同樣的肉來

「但，家鄉的泥土呢…」另一個死人問他

他們的靈魂登時
變得和泥土一般柔軟

沉默。

2012/11/22，2012/12/22

我
不
是

是

是千帆過盡　皆是

的是

不

是　至少不曾

雅不可耐

的不

五十過後的詩人甲

不能免俗地回顧半生並因此寫下：

我不是。

2012/12/22

深邃

你知道

良善和仁慈　是一件多麼**深邃**的事

一如憂傷與悲哀

或者說

憂傷與悲哀　是一件多麼**深邃**的事

一如良善和仁慈

但我不能說的是

同時　他們

都是深邃的事

2013/7

紀錄狂

他舉手機拍下天邊一萬朵晚霞

走九百七十七步路回家

吃四百卡路里的晚餐

數一千隻綿羊入睡

（睡眠時間正好七個半小時不多不少）

早晨在鬧鐘的**機械**布穀聲中醒來

他立即抓起手機寫下腦海中浮現的夢境

趁夢尚未漂遠：

他夢見他紀錄下一生一切細節

重複而又**不盡重複**的每一天

在黃昏時刻乘電梯上到世界第一高樓

的樓頂

拍下迴光中的一萬朵晚霞：

「**每一朵**不曾重覆過形狀和色澤……」他

一再確定

並在下樓前又再瞥了

他計劃跳下的那個角落一眼。

2013/1/29

悖論與比論

1　悖論

「所有的詩都是一則悖論，
因死亡而**成立**……」

像自殺者的自殺罪
得成功自殺

後　才成立──
方可發監執行

並由死者在報上刊登**詩樣的**訃文一則

2　比喻

人類理想所能企及的最高境界：

必須不斷不斷不斷
唾棄
唾棄唾棄唾棄**唾棄**唾棄
這個世界。

你想好了一個比喻：
世界是一包泡麵

痛苦
是那**調理包**。

2013/1/8

二〇一二旅途所見（九則）

1　大樓

大樓進進出出的
衣著單薄的男女

如此一棟陳舊骯髒的建築
卻吞吐著無比鮮美的人類身體

像夜黑裡朽木與夜雨交媾
生下大量豔麗的毒菌

2　一隻野狗

野地裡的狗
完全溶入了自然（完完全全）

因此敵視著人類

3　掃射

拿起照相機衝進動物園掃射
動物紛紛站起來蒙面背過身

像刑場上的人類

4　一根刺

魚刺卡進了喉嚨
是方才餐桌上的那尾偶而路過的魚

要我永遠記得他

5　教宗

兩年前才指責過同性戀
今年又忙著為神父們闖的禍
公開道歉。

——教宗擦亮**紅皮鞋**偶然想起，這兩年
茉莉花彷彿在他腋下盛開過…

6　開悟

開悟……就像
從夢中醒來。一位喇嘛向我解釋：

不是醒在床上
而是醒在夢裡──
「你還在夢中但你人是清醒的，」

我於是進入開悟
前的

無盡輪迴的迷惘……

7　林則徐

沒想到會在新疆遇見林則徐

看不到什麼敵人
但空氣裡嗅得出
鴉片的硝煙

如帝國主義所揚起的沙塵暴四起……

8　不存在的文革博物館

文革博物館裡空無一物
但規定很多
包括不許拍照

包括必須脫得全身**赤裸**

9　海關

我的身體被海關攔下來
連帶我的護照行李登機證

但身體裡的詩歌**穿過海關**繼續向前走
泅游在即將起飛的人群裡
越來越遠越看不見

2012/10

樑木與刺

你不見自己眼中有樑木

怎能對你弟兄說：容我去掉**你眼中**的刺？[1]

「你這假冒偽善的人！」——

於是我不再忙著拔去我眼中的刺了

我靜待它長大成樑木

樑木成林

落英繽紛

我和全人類在林中漫步

用詩談論彼此眼中的刺

2012/11/17

1：語出「路加福音」（6：42）。

等電梯

為了上到人類的最高

大腦樓層

鳥瞰思想與夢的平疇

我等著身體內的電梯

總是一班又一班

超載著**食物，購物，紀念物…**

2012/12/22

給我一道地平線

「給我一道地平線
同時，也給每個人類一道，」我祈禱：

讓我們明白地球原來是平的；
雙足行走跳躍　雙手編織栽種
雙眼眺遠

都有窮盡──
只有一張嘴叫喊　　**無**
回音地

叫喊：回來，人！

人類回來！

人──類──回──來……

（向著極遠的地平線**越過**那條線
萬事萬物的跌落處）

人類沒有回答。
人類沒有回音。
人類沒有回來。

2012/10/15，2012/12/22

陽性反應

檢查結果報告出爐了，是

：**陽性**反應。

「那是好還是不好？」你一路
懷抱心事走在目光如雪的大街
一如懷抱一只羞慚的**熾燙火爐**

時而安靜地溫暖著心臟

時而安靜地

爆炸。

2012/12/22

雄性的閱讀

在辭性不分性別的中文裡
我經常遇見　純粹　高熱　冒著煙的
雄性的字眼

就像經常在街上遇見
那些手抄著口袋走路的**男人**

失去武器仍要掠奪的
失去自信仍作浪漫的

失去結論仍勤於修辭的——
或許只是一無所有
或別無**目的地**
雄性　著

的那些男人──在我閱讀的過程裡　讓我
有時淚光滿溢

有時分泌唾液

2011/11/16

解放歌

衝進廁所解放，才發現身旁站著的有驢有馬，田間所有壯
大賣力的畜牲，正一夥兒以粗大的水柱擊出**響亮的樂聲**，
演奏一曲情感豐沛的綿長樂章。

音樂逐漸稀落進入尾聲後，我們魚貫走出廁所，漸漸回復
人類的面目，胸膛挺得高高的，生殖器縮得小小的，忘了
生命裡必須時時解放。

直到體內再次泛起尿意。

2012/6/13

在我前後方十呎

——憶新公園

一盞路燈

在我前方十呎

一個飽受孤獨煎熬的影子

刻意放慢了步子，**幾乎停下來**

讓我　步　步

靠近

在我後方十呎

一道同樣飽受孤獨煎熬的影子

企圖逼近我　超越我

步伐急促一如心跳

狩獵的鼓聲

於是我停下來，像審視

一個滿月時的陷阱

選擇一**個無人**行走的方向

路途崎嶇顛簸

並且深深

明白孤獨

不能是此刻

月下重逢的理由……

2013/9

動物園筆記

——二〇一二柏林動物園所見

1　2%

突然意識到黑猩猩和我的差異
只是少於2%的基因

但人類囚禁他
像所有人類囚禁過的活物——
都有著那2%
或更小的秘密

2　圍牆

動物的圍牆外
還有圍牆　圍牆外
還有圍牆　圍牆外

有個人走過——

看我的眼神

和我看動物的眼神一模一樣

3　叱喝

帶著一大家子逛動物園的男人

突然發出一聲　**動物般**的叫喊

叫回了他跑遠的的孩子

4　象

他如君王君臨著我——巨大，沉默
山一般　的智慧與威儀
我不敢對視

只好舉起相機
機槍般按下快門

5　相機

鏡頭前動物們都怡怡然
擺出姿勢

並知道該把屁股
朝向我

6　沐猴而冠

即便在園裡馴養了三代　或
三代以上

仍然保持二十四小時
裸體

的優良傳統

7　吃

每當我近拍動物
我總是把數位相機的情境快拍功能
轉到：

（不是花）

食物

8　為何凝視動物？

人類為何來到動物園凝視動物
我自問：

為何人類不可以把整個地球
當作全人類
的動物園？

9　鳥

總是**遠遠地**　久久不動

不然就是　突然起飛
像表演雕像的街頭藝人

永遠那麼篤定
要在哪裡降落──
像個永遠只走直線的國王或
哲學家

10　麻雀

麻雀

飛入每一座獸籠裡

在動物們倦於現身的時刻

滿足地吃著地上吃剩的食糧

或者糞便

2012/10

賭徒的房間

曾在我心中住著的那一群喧鬧的人
如今陸續離開

像坐在打烊後的餐廳
或最後一班地鐵離去的月台，我鬆了口氣

悵惘，眼珠子像壁上的夜燈被調暗
彷彿正垂憐這陡然空敞的空間：

「還膌下多少時間？」籌碼發出
如流水般的聲響

手藏在口袋裡的命運的賭徒
在門口與我擦身而過

相互投下如一根火柴

剎時熄滅的

深情一瞥。

2012/7/18

職是之故

職是之故

之後

又有　無數個職是之故

有如一場盛大的噴嚏

命運火山所噴發的星沫

落在他思考，情緒，文字，語言

道路，所有人生抉擇的關節處

職是之故

滋生著致死的種種菌落⋯⋯

2011/9/18

自己的房間

「**獨居**很久了？」他說。
感覺得出來，像魔法師

感覺得到惡魔偽裝的埋伏，因此
結了一個**孤獨**的界。把
傢俱當作守衛
電器當作腹肚內的臟器

雙眼化做**失眠的**電視和網路
從書桌到地板到馬桶上的書
是四散的頭皮屑

是一種思想

和肉體懶散的隱諭。白頭

搔更短。還有

一張廣大的床

和一床屍體一般的棉被

被蹂躪千遍的枕頭

陪你每晚被埋葬一次。

是的，每天你都必須掙扎著

從死亡中醒來

進餐，工作，手淫

走出自己的房間

順手帶上並鎖上

門外千山萬水

弱水三千阻隔——

你突然覺得：

還是自己的房間好。

2013/6

壞藝術

在壞的藝術面前
你總是有身體要起飛的錯覺——

雙腳踏在天鵝絨椅背
或雕花的樓梯欄杆上，向下一蹬
（或什麼動作也不必）
就
起飛了

（頭髮掃過華麗彩繪的天花板以及繁複裝飾的水晶燈）

看見腳下許多黑壓壓的人頭
圍繞著壞藝術

擺出高雅而苦惱的理解姿勢
像一群病毒舔吮著一顆凶惡的癌細胞

然後你倉皇尋得一個半開的拱窗
凌空而去來不及回頭吶喊：

「為什麼**壞藝術**總被安置在人潮洶湧
如此價昂的

所謂藝術殿堂？」

2012/8/3

韻

「所謂生命的**修行**，

原與慾望相左……」於是

我靜下來聆聽體內最遙遠的鼓聲

試圖編造幾句詩句

為生命的碎片下個輕易的結論

：「愛，一切只能**歸咎於愛**……」

在愛與慾模糊的廣大雨林

人們輕易蒐集到鮮艷的彩羽與肥厚的花瓣

空氣裡盡是潮濕的孢子與費洛蒙

如果此刻，在密林裡
另一個人的行走
被我遙遠地覺察

他的腳步聲
竟與我的押韻……

2013/3

鳥

他**銳利的**影子走過廣場

不曾驚動

影子覆蓋下的任何一隻鴿子──

但所有逃脫鳥籠的鳥

都會在午夜回到他夢中──

即使白晝依然昏沉

陽光疏落　　窗簾半掩的房間

像一只久經風吹雨打

被輕易離棄的巢──

只是夢中當他掀開窗簾

一隻疾飛的鳥撞死在透明光潔的玻璃上──

他撿起**屍體**

打開房間所有的窗　冷不防

陽光傾斜將他銳利的影子

覆蓋向自己⋯⋯

2013/4

Chapter 2

科幻

星球涅槃

——為好奇號登陸火星而寫

走了八個半月**終於**得以拜見與地球

離散多年的這位兄弟——

冷漠，低調，紅

表情乾燥　不曾謀面的

親兄弟——和想像中的一點**也不像**

沒有猴面，地下金字塔，人工運河

任何文明智慧留下的指紋

甚至不存在一滴淚水：

「地球怎會有一個如此弱智而孤僻的親戚？」所有人

內心都有相同疑問：

不知是尚未進化

還是已進入涅槃——

荒荒相連的山脈與谷地

以密密麻麻青春痘似的隕石坑

紀錄了宇宙誕生以來的成長

以及，從真空中無聲地傳來
不斷回聲著的亙古邀約
：何不和我一起**冥想**？

由靈長類動物
而植物，而礦物
而塵　而光
而旋轉　**而**　靜

止⋯⋯

2012/8/28，2012/11/1

香草冰淇淋天空下

你大口大口吞下
你的飢餓。那時
整個天空泛著因過多紫外線
而呈現的金屬質感：
「這個時代嗜甜…」你
同時摸索盛在我身體裡的
一百種甜，
冰淇淋店陳列的一百種口味
某個特殊名字呼應著某種特殊口感——
「但我們只想嚐一下最樸素的香草，」
最接近原始概念的冰淇淋
的甜——但此刻天空開始溶化
像地球上每一顆冰淇淋也像

地球本身。那時
我們都情人般
沉溺於整座天空崩垮下來的巨大的甜

都蒼蠅般
動彈不得。

2013/6

末日便利店

為提高浩劫後的生存機率
末日前，他決意打散他的家
趁**2012年12月21日**尚未到臨
把家的碎片
——灑入城市每個角落

每二至三個街角，便有一片
貯滿了吃食煙酒
報刊雜誌　工具文具
甚至衣服玩具，的家　的碎片

（原來——
他突然醒悟，所謂　家
＝冰箱＋工具箱＋收納箱…）

末日前他走進了其中一個碎片

門自動開啟了

並傳來人聲：

歡迎光臨，今天購物滿百元可集點一次

咖啡第二杯打五折喔。

2012/12/20

作文課

今天，**今天**我們練習連接詞
在這個碎裂成無數每個當下的世界
像要黏合那無法復原的時間縫隙
而慎重地取出了紙和筆
：**練習，是一種深入**

和不斷跌落的過程——
行走在一座燈火輝煌的橋上
每個低頭疾行而過的路人
（從教室的窗子可以遙遙望見）
都牽著一道黏合失敗的影子
因此　成為一個象形文字

連接在今日，昨日
與明日之間

作文課上被無意識地排列

　：**連接詞連接**　形容詞形容

動詞動　副詞副

語氣助詞語氣助著

如此理所當然的

一篇

墓誌銘

2012/8/3

2013.

Taco先生物語

在海鮮沙拉裡吃到你被切下的手指
（**還是腿？我無法分辨**）
那曾緊緊吸吮過我乳頭的唇
又纏繞過頸項
勒死過我
的幻肢——

曾如此頑強試圖撕裂我
就像我是一隻可口的抹香鯨
或一艘幽靈船隊

（我興奮了）

興奮地繼續吃著你——
你泡在醋裡

和小黃瓜，薑，海菜
構成一道味覺的　荒涼陌生的海底風景：

「Taco先生神秘失蹤了月餘你可聽聞？」
有禮的酒保收走了那盤沙拉時

電視裡正好播出
水族箱被恐怖炸彈攻擊的新聞……

2012/8/3

失眠者

那裡有一個睡眠遭竊的人，連帶的損失
是他的夢。他向失物中心報案
那裡有太多無主待領的睡眠
他認不出哪個是他的。
「每個睡眠都有他特有的質地，色澤，或紋路……」
但他認不出他的睡眠：對不起，
當時我**一定是**睡著了。於是
他走入**膠囊的**總部大樓
領取一些引他入睡的藥丸——
睡眠中他與昔日的睡眠重逢
他擁著他輕輕地哭了
但隨及發現這位久睽的睡眠是贗品
逼真至無法辨認的複製人：「你，你，**你**不是
我的睡眠……」他失聲
大叫，痛哭：「你來找我做什麼？」

「我也不知道我為什麼會出現在這裡！」

睡眠說：「是你的膠囊召喚我來的——

你可以隨時召喚我

就像隨手打開電視

或你的iPhone一樣

——我的億萬個分身

隨時恭候您的差遣……」他如自惡夢中醒來

但夢如**隱形的鹽**

溶入了他淡而無味的白日。

他和其他億萬個失眠者

同時進進出出那座膠囊大樓

他開始認得每一顆膠囊的質地，色澤，和紋路

每一顆睡眠複製人的個性，表情，體味

和抱起來的感覺

「原來睡眠有**這麼多種**…」他興奮地揣想

並暗中期待更多陌生的夢中相逢

在每個按時入眠的夜——

並完全遺忘了他原有的睡眠

照著鏡子時發現鏡子裡空無一物

：「我成了鬼魅或吸血伯爵之類了嗎？」他摸著鏡子想

感覺像摸著每個睡眠複製人冰滑的小腹：

我的睡眠一定**也有**個他自己的樣子

「只是我從來不曾認出罷了！」

——當他從一個又一個陌生的睡眠醒來

像從一個又一個陌生人的懷裡醒來

帶著厭惡自己的心情

開始又一天妓女般的生活——

他重新意識到他原是一個遺失睡眠的人

或者，（更糟的是）或許

他根本是還留在**原來的**睡眠裡

而　今　生　**如　夢，**

「大錯，」他猛然醒悟：「是今生是夢，」

因此他（和其他憶萬個失眠者）根本是還停留在原來的

睡眠裡當然

無法再睡入另一個睡眠只好

借助膠囊睡眠人的擁抱入眠

──他興奮地奔入膠囊大樓大聲疾呼：

我　發　現　**了**　真　理　！

大廳櫃檯的小姐花容失色警衛表情嚴峻

「我們根本還活在昨天的夢還沒醒來……」他對著

其他失眠者大喊：

「我們**只要醒來**當能繼續入睡……」

（我　們　只　要　醒　來

當　能　繼　續　入　睡）

接著他頓時陷入昏迷，一種他從未

經歷過的睡眠，深入而完整的新型睡眠

完全陌生的睡眠複製人

打開他房間的門走進來，

撫摸他的頭髮，吻他，喚醒他：

「醒了？你病了好久了……」他望著這**全新的睡眠**的面孔

像看見最新一代的複製人

他完全看不出任何**破綻**

像一位完美的情人般高大，英俊，深情

令他自疑天下會有這等好事，但他聽見：

「你被敲昏後睡眠了好久，

膠囊大樓的實驗部門的主管們

曾企圖深入你的意識喚醒你…」

這是夢嗎？如果是

是**哪**一個睡眠裡的？如果不是

我又在哪一個醒裡？

又誰召來了這位睡眠？

「來，」睡眠複製人說：「你必須跟著我來……

這樣

你才能**真正醒來**

你才能繼續入睡。

」好熟悉的話語呵！他不自覺

和睡眠複製人手牽手

步出房間的門

門外只有光

和所有迎接他的睡眠複製人

像遇見所有死去的親人一般

他與他們相互擁抱，問候，喜極而泣

「這裡是哪裡？」他問

「空間在這裡不重要」。

「現在是？」

「時間在這裡也不重要。」
「為什麼我會在這裡？」
「理由在這裡更不重要了。」

只有光
一切只有**光**

2012/6/23

痕

午夜誤闖一座荒廢已久的色情網站
網頁設計透露出過時　簡陋　且**滄桑**的氣息
連結不連結
相簿裡照片已紛紛移除
主人的訊息曖昧　殘缺　充滿謬誤……

但我依然留下一些句子：
我**可以**認識你嗎？
你**可能**不認得我了——

我就住在你來世的銀河另一岸
距離美好的南瞻部洲
不遠的行星上

我們曾在上個阿僧祇劫裡相戀過幾次
但在之後的輪迴裡遺落了
辨識彼此的胎記，只好借助
儲存累世記憶的部落格⋯

：如今，你可以上我**不收費**新聞台
找到你童年的指紋
還有你明天逾期未歸還的書單
在畫面右首如恆河沙數個**選項**中

有一項是你今生的藍圖
拉下來點開
你將有如一本尚未被**翻閱**過的
生命之書

展開……同時，

光潔無比的書頁上面
將出現第一道清晰如死亡

當初我翻閱你的靈魂時
所留下的淺淺褶痕……

2012/9/13

末日俳句

1.

大海站了起來　　分列整齊
影子踢著正步

2.

咖啡香瀰漫　　金屬打了個**哆嗦**
滴下一枚鎳幣

3.

地下鐵車廂進站　　髮絲微微掀動
門未開

4.

寂靜的護膜　　聖樂答鈴流出
手機中耳炎

5.

夕顏盛開之日　　**雲朵**甘甜
內臟冰寒

6.

夜的行人疾走　　電視遙控器睡著了
房間「**off**」一聲

7.

再見了　蛙的第五條腿漂浮
鋼琴腹肚充滿半音

8.

核能電廠發出耳語　　雙手打了個死結印
木魚空空**空空**

9.

舌頭打坐　　一只蒼蠅降落地球
望著電腦螢幕浮出表情

10.

下起圖釘雨的那天　　龍捲風打開草坪
取走一枚大地的乳頭

11.

外星人四處灑下螢光　　草叢裡窸索
一個有翅膀的小孩

12.

靛藍色太空船　　甜甜圈粉紅
咬一口囤積的時間**大量流出**

13.

一同暴斃在鍵盤上　　手中淺淺的經文
額上深深的戒疤

14.

按下里程表　　電台音樂由B
顛簸為降B

15.

和鐘聲同時抵達　　海報摔落地上
眼珠鑲在時間縫中

16.

愛的圓柱體　　智的立方體
永不腐朽的天堂角錐體

17.

拉上被褥　　明天平躺在煎鍋上
不斷練習破殼而出

18.

「是的」　　萬物手牽手跨出懸崖：
是的（回音）

19.

蜂鳥停下　　我的屍首平穩地
開出花朵

清晨的一千種鳥鳴

「你聽見了嗎？」你說：
有一千種鳥在窗外⋯⋯

枕上你像是夢遊過（嬉遊而過）
另一個星球上的一千個男人

的身體：「這附近肯定有一千種鳥類⋯⋯」
我望著雙眼如鳥**警醒的你**，豎耳傾聽

窗外十呎，十哩，十座山　十光年　十個戀情內
所有翅膀可能棲止的地方——

在這陽光和睡意**同樣稀薄**的清晨
在這入睡和醒來**同樣艱難**的房間

你如此確定　我如此想要
擁抱一具鳥一般柔軟的身體——

一千種不同的鳥同時出現窗外
此刻，不多不少

在林間漫步跳躍，遊戲，啄食陽光
不知所以地就鳴叫了——

而你彷彿聽見了什麼從床上一躍而起奪門而出——
當我揮舞雙手

像要揮散空氣中剛吐出的菸
假裝無辜地剛從安睡中醒來

發覺竟已被一千種鳥鳴
幸福圍繞

而你已在十呎，十哩，十座山
十光年

十個戀情之外……

2013/5

我的精液

——

生養子女不是一件**好事**……。佛陀說：眾生
卻總是以苦為樂呵，呵呵！

（於是）

我任由我的精液**不擇地**
皆可出

成河，或噴泉，或洗手液
或濃稠若死水的想像海洋——

但通常只成一灘轍溝裡的水
在大腿鼠蹊或內褲的低凹處

任由裡頭的無數龍魚蝦蟹

涸旱渴死

（幾十億個我

吶喊著**是我**是我**選我**選我）

像銘刻著我名字的幾十億顆隕石

遊蕩宇宙歷史的所有光年

在全人類都還在寤寐之間的某個清晨

於地球　　慾望荒涼的額頭上

悄悄　——　撞燬……

2013/9

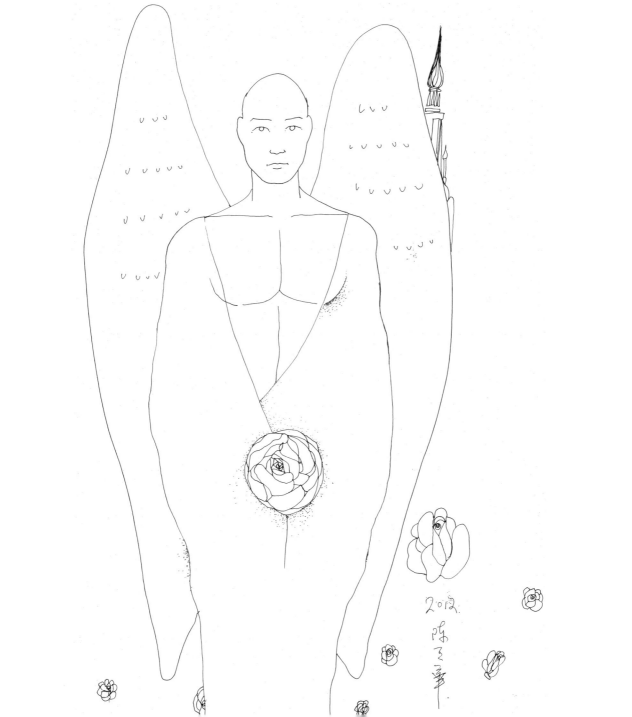

最後一名人類謀殺案

手機從屍體的褲襠深處跌落血泊
電池已氣絕多時但仍繼續收
發訊息：**愛是在　被愛是**
察覺到
在.

不在的人
嘴邊
一隻無線黑色麥克風如沉重的鼓捶
敲擊在被死寂蹦緊的死寂上

整個地球如一座無人
但**繼續運轉**的遊樂園
活屍們埋伏雲霄飛車的陰影裡

猝不及防**爭食**

最後一碗盪熱的腦漿和大腸

但人類的記憶高速行駛

穿越過無數個乾涸加油站與停電Motel

來到屍體所在的房間──

電視畫面殘留著流洩恐懼定格的瞳孔

但一切安穩　一如

一隻

沾著精液　靜靜睡著的遙控器⋯⋯

2011/1/8

熱

熱

成為今天報紙頭條

：熱　本世紀最強毒素。

家家戶戶日日夜夜開著冷氣

將毒排除在外——於是熱如垃圾不斷

在城市停滯的空氣裡

累積堆高

四處泛濫，但沒有人

討論有關熱的回收再利用

熱的分類熱的循環熱的分解

熱的每日安全攝取量等等；大家

只盤算著如何將熱隔絕在自家門外

不惜開著噸位超重

散發熱帶氣旋般體熱的空調來

排除室內的世紀劇毒，一心只想

從此不要出門心安理得地

以鄰為壑但不知

這從未謀面的鄰居正是我們這個地球——

是的，熱又將從壑

的地下岩層下水道

瓦斯管排水管排氣管門窗縫隙牆壁毛細孔不斷滲透

滲回我們的體內

成肝火腎火心火無名火

虛火實火溼火躁火

三丈之火

：「為什麼不能以**熱**攻**熱**？」科學家們百思不解

但仍收集各種人體之火燃起一顆熱汽球

效法諾亞方舟但

地球已如離開冰箱太久的一球冰淇淋

表面洪水熔漿泛濫

連一隻蚊蚋也無法昇空──

「人類發燒了？」上帝的手

離開了我的額頭

開出了處方

：「可以把冷氣再開強一點嗎？」

2013/7

Chapter 3

愛
情

你不知道你很稀少

「為每個故事滿溢的當下

總結一生⋯⋯」

而你不知道你很稀少

竟敢

如此恣意出現眾人之前——

像肥美的鹿　走過饑餓的豹群

稀少是種美德

但不知道不是

2012/12/22

命卜

你的個性

（矛盾地）喬木般剛毅。又

菟絲般柔軟。

出身小康。（只好）

平實持家。

山下圳邊。居住最相宜。

性情主仁。戒之在**直**。（莫要）

得理不饒。人。

（卻）頻頻　犯　小　人。

桃花劫財。忌賭一口氣。怕五內（暗）傷。

晚婚幸福。古井（不）宜鑑照。

婚後（方）可購屋。轉手（必）發財。

手足有損。

祖輩男女各一（？）。十六（至三三）田宅運動。

兄弟各自為政。分道揚鑣。

雙碩士。一博士。（那又如何）。忌作保。

體質貧血汗虛。性（情）冷感。

老來（方）出家。居士（亦）無妨。

佛道（**不分**）修持佳。

不剃度也普渡眾生。（哪）。治病

宜中醫。氣功。（XX）雙修壽長。

一生只（能）愛妻（或同性伴侶）

一人。否則

嬪妃（或同性伴侶）數千。精盡（後）人亡。

一子有緣送終。

忌（葬）寒帶國家。

（附贈）貼身小偏方：夢囈頻尿。咬牙磨牙可治。

其餘無解。

2012/6/13，2012/7/12，2012/8/3

來訪未遇

按下門鈴後的等待
我空洞地直覺到你的不在
索性門外坐了下來
品味這座公寓的荒涼和狹窄

貓咪躲藏在溼濡濡的眼角
遙遠犬吠從永恆裡傳來
鄰居如鬼魂帶著廁所的霧靄
記憶中的你，是一片深深的
白

寄宿在你窗檯上的盆栽
我體悟到愛有時也會是一種阻礙

陽光**遲遲**熔化著你的門牌

我再三酙酌　終於明白

我一再的離去

該會是最好的安排

2011/12/8，2012/4/7

抱怨

打電話向你抱怨
接過吻後舌頭腫起

像一尾鮮紅的魚腹
結著爛熟的卵

——想必我們交換了體內的細菌
如今他們正在重組家園——

那些遺傳自母胎的菌落
如今讓我們成為彼此的兄弟姊妹

——當你搗住肚子衝向廁所
像要生出一個**迫不及待**的嬰兒。

2012/4

情詩

喜愛一個人，會喜歡他屋頂上的烏鴉
討厭一個人，會討厭他家的圍壁籬笆

那是個些微異樣的清晨
陽光，道路，天空的雲和人的表情

那異樣從何而來？

2011/9/18

愛上你身體裡藏匿的那人

——薩滿說之一

我愛上你身體裡**藏匿**著的那人
他瑟縮在你靈魂的深穴裡

潮濕而虛弱，像是病了　或受傷　或飽經打擊而
棄世修行著

我帶來祭天的醇酒，宰殺一隻壯美的獸物
還有我的髮淚和手指

擺放洞口　高唱起舞
召喚神靈三晝三夜——

而那人仍不願步出洞穴
儘管，穴外的軟泥已蜿蜒散開

成我柔韌的背脊，綿長的丘陵和谷地
——目光所及之處，可以種什麼

就得什麼
——我許諾他並且無法

許諾更多；一如主宰雨水的神靈
不澆息旅人的篝火，除非

除非某一天，萬物都在**雨水裡腐敗**
你和在你身體裡藏匿的那人

開始生病般地發芽
長出參天的黴

——你，你們　坐擁天地間
所有的陳穀子爛芝麻

而我和我身體裡藏匿的那個人
終於走出了洞穴

在陽光的見證下
互道珍重

2013/7

上山

我們**忘了**

為了什麼說要上山

因為上山就只有這一條尚未開闢好的路

才說著　車子噗噗噗地便開了上去　驚動

許多翅膀發著光的小生物　紛紛　從路旁飛出

不斷撲打在車窗玻璃上流下發光的體液

黏稠的內臟　一路車子底盤不斷發出　撞擊的巨響

劇烈彈跳　想必輾過許多　發光的屍體

碎裂的體節　折斷的四肢

無數**細小的光點**　在車前燈投出的光柱裡　狂舞如塵埃

我說夠了就別再往上開了　不就是些樹林子

有什麼好看　你說入夜了路況如此的糟　也不好再下山了

只好繼續　和那些發著光的生物奮戰下去

彷彿永遠死不完　似地沒完沒了　橫山遍野　天上地下

皆是他們尖細銳利的　哀嚎聲　和月亮　和溪流　和樹葉

的摩擦聲　和車子引擎聲　交融成一道銀河般壯濶悠長的
天籟：

你說就快要到達山頂了　此刻該已屍體　**盈尺**　血流
足以漂杵了──
我們將車泊在一個有**view**　的地方
天心月圓　正沉沉壓在我身上
我說：
「我要。」

而你
　　　　　　就
　　　　　　　　給　　了　　我，就這樣
給了我在堆成小山樣的發光生物屍體上
你正壓著我進入著**我我的體節**我的四肢我的體液

我發光的臟腑

都流淌在你的車窗玻璃上

那時天黑如墨但黑暗中彷佛有一隻手

長出了翅膀飛向遠遠的東方

掀開了**長夜**一角⋯⋯

2011/11/18，2011/12/18，2012/4/7

我想像我的離去帶給你的

我開始想像我的離去
所能帶給你的——當

心超速馳騁
像穿越大沙漠的一輛貨櫃車

停在**仙人掌巨大**的陰影裡
引擎劇烈喘息
散發著炙人高熱——想像

那是機械爆炸前的
抽搐和顫抖——

而你只覺察　一個座位從此空了
更多風走進來
窗簾微動　風景閃爍

杯盤衣服更少移動，手機
電腦安靜，我的離去

之後門鎖瘖啞
門前鞋子零零落落　**些**

然而你若無其事刪著手機中過多的簡訊
我的輪子和椅子開始
透明不見
然後倒後鏡裡我的眉眼
唇齒

相繼

消失

像一瞥而逝

路旁一場車禍

一小片天空的碎片倒臥陽光的血泊……

2013/8改寫定稿

七秒

——寫給Luis

我承認我每七秒才想**你**一次。對不起。

其他六秒我想著
你的眼，眉，皮膚，頭髮，腳掌
笑，還有可笑的動作
你襯衫和內衣的顏色
——這些，都不是你

你如獸般的身體
你握著我的手的姿勢
你低著頭看手機的樣子
騎著單車時雲在你**身後追著**你跑
整個天空像隻藍色的大風箏
也被你拉著跑

愈跑愈高，愈高，愈高
我是騎在風箏上的風
順著那條延伸向你手心的線
滑翔

向你──

你驚呼一聲，像感受到
我正在想你。可是這

都不是你

這都是六秒鐘內發生的事

2013/6

非動物式

「我保證我將**非動物式**地愛著你……」
他說

非　非道德地
也非非理性地

（繞行的步伐像困在一個隱形的籠裡）

明智地，直立地，正面地，前進地
愛
著你。

（你知道人類是自然界惟一正面性交的動物）

像鳥決意飛向天空那一瞬

空無的枝頭會
危危一顫……

2012/10，2012/12/22

一個讓我回頭看的人

說要**出去走走**一直說要
出去走走，只為
能遇見一個
讓我回頭看看　的男人

然後故意讓他
偷偷尾隨我
來到我
只有一張大床的房間：

「你何不躺下？」他直接
脫掉汗溼的衣服
和等在門外的陰影
激烈拳打腳踢起來

且在打鬥中回頭
催促我趕快離開

出去走走！——那時

外頭正好有個男人經過
大喊：回頭，你回頭

你是給我回頭啊……

2013/5

那就對了

原來，就這樣　愛了

沒有上妝　彩排　就　**正式上場了**

但劇本其實是自己寫就

但又完全遺忘

但又完全流利演出

一齣意外完美的戲：

你只須演自己

而又渾然否定是

自己

嘉義逆旅

他傳了一處我可以投宿的旅舍
的**非死不可**給我
就座落在廣袤無際的嘉義平原上
我可以在一個若無其事的下午
在那個面朝甘蔗田的窗口
一根甘蔗似地等他——

他讓我一直等了很久
很久，我從窗口望出去
彷彿看見了我故鄉花蓮
也是種滿甘蔗的花東**縱谷**
日本人曾經築起運送甘蔗的窄軌火車

我曾在那輕微的搖晃當中

回到童年

的深處。深　　深處裡

那個住嘉義的男人

他讓我坐在窗口等了很久

彷彿要我用盡所有對童年的記憶和想像

他，他才要出現

和那我童年時第一個傾心愛慕的男人

一邊談笑

一邊從蔗田裡向我走來

2012/5，2013/2

原以為在性愛中我們會是獸

原以為

起碼　在做愛的時候

我們會是**野獸一般**的

但你激動如絲綢的身軀

大幅展示

捲開著的**橫幅風景**

閃著神聖的光

我以為

我會是　愛上獸一般的

但我們就裸著走入了人間的風景

有光的風景裡同時瞇起了眼

以為看見了

什麼是獸**看不見**的

2013

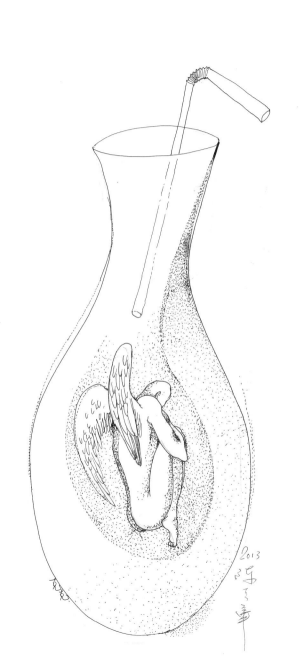

品酒會

你被端上來，鄭重地
一瓶新上市　沸沸**揚揚**　傳言中的
薄酒萊

氣泡像剛誕生的
新生兒
的眼珠

我將你含在口裡
漱一漱
又飛快吐出

像恰到好處的
愛。

2012/12/22

失去聯絡

互留地址時我們寫下彼此七彎八拐的冗長心事
密密麻麻的伊媚兒臉書部落格
手機號碼Line ID　彷彿

你隨時都可以找到我只要你願意——
一眨眼或
轉念

但我們畢竟從此**沒再連絡**。

我們彼此擦肩
走過長長的七彎八拐的街衢巷道
從來沒再認出彼此

偶而停在一個路旁**下棋**的老人
的身邊，同時凝神
棋盤上一顆棋子

隱晦深奧的下一步⋯⋯

2013/4

和同班同學談戀愛

婚姻專家殷殷規勸
不要和同班同學談戀愛——

伴侶要的不是彼此對視
而是一起**凝視**　遠方：

一同俯仰　一同微笑　一同沉默
一同學習成長

一同凝望宇宙深處的某顆星光⋯

說的彷彿是每個人
過去某件來不及發生的事：

和**同班同學**談著禁忌的戀愛

和死亡一同發生一起看著遠方

一起消失。

2012/12/22

關係

你是蕈子。我是雨。陣雨。

相遇時我**很驚訝**你就那麼
蓬蓬勃勃地長起來了

（我的語彙裡一向**缺乏**
蓬勃之類的純粹）

因此我常常去探望你
看你和所有蕈子一樣

在小雨裡得滋長
在大雨裡被打壞

2012/12/22

幸福

幸福太難——
一本普及版的**人生辭典**從他手中掉落

他沿著幸福的麵包屑走入魔法的酒池
肉林，窺探的擁擠枝葉

世人邀約的目光　紛紛刮傷他：「幸福太難…」。一個
遺世獨立的詞彙

在一座座荒廢的網站裡
遺世獨立　著：

「幸福**太難**，何不

放幸福一馬⋯？」
真實的人生　海市與蜃樓

建築在昨夜他
棄置如繭的床單上

許多塗抹於手紙上的詞彙
化作無意義的呻吟

再重新入隊列隊
猶如一本**最新改版**的人生辭典

悄悄刪除了有關幸福
所有的定義，和譬諭⋯⋯

2013/1/8

Lewin 說

？？？已送出2008/12/10上午01:30：

我累了……我要睡了！

Lewin說：？？？？？？？？？？？？？？？？？？？？？？？

您的連絡人已離線，您**無法傳送來**電震動。

Lewin說：

睡了哦！

Lewin說：

手機壞了！不然會打電話給你！

Lewin說：

剛一直在想你哦

Lewin說：

明天再跟你說發生了什麼了！

Lewin說：

不過還是現在就講

Lewin說：

雖然你不在線上

Lewin說：

洗完澡…………去接同事回來　在另一個同事家

Lewin說：

他喝醉了　沒法開車

Lewin說：

我帶了一手啤酒去

Lewin說：

我也喝了一瓶　沒有想我也有一點暈了　可能空腹的關係

Lewin說：

大家盧了一下才放我走

Lewin說：

回來的路上我去7-11買吃的

Lewin說：

炒米粉…………一出門　掉了滿地　又去買了個肉粽

Lewin說：

還有一瓶**優酪乳**　我喜歡喝優酪乳

Lewin說：

一直想著你……………………

Lewin說：

……………………………

Lewin說：

……………………………

Lewin說：

………………………………………

Lewin說：

…………………………………………

Lewin說：

....

Lewin說：

回來看到你累了！先睡了！小失望！

Lewin說：

沒關係　**早睡早起**身體好！晚安！

2012

在我的 Y 染色體上

紅

紅在我的Y

染色體上

在我粗糙　多毛　暴躁的

Y染色體上　洋紅

胭脂紅　我只能從鏡子的反射

千萬次反射

後　看見他，寶石紅

玫瑰紅　我的**鬼魅般**的兄弟

幽黯，強韌，

揮之不去

有如蒼蠅

山茶紅

長著剛毛森林

尖晶石紅，與甲冑般的地形

優品紫紅

淺珊瑚紅

瀰漫著肉食慾念

的濃霧，火鶴紅

珍珠紅

鮭紅，一整片受詛咒的微型沃土啊，那裡

胭脂紅

是我低調隱藏的　Y　染色體，糾結著

緋紅，猩紅

勃艮第酒紅

鳶飛魚躍的訊息

灰玫紅，

樞機紅，與

潛藏狙行的指令

和我其他　無關宏旨的眾多DNA們　一起

威尼斯紅

柿子橙

橙，糾結成梅杜莎的蛇髮

陽橙，熱帶橙

蜜橙，是生活日常的結繩紀事──

杏黃，沙棕

我　只能

在顯微鏡下**觀察著**，米

灰土褐，駝，椰褐

褐，我　如軟體動物

如魔鬼藏身的蛹，咖啡褐

萬壽菊黃

鉻黃，如肥碩

愚魯的　寄生蟲

如躺在熱帶島嶼上

金

茉莉黃

柔軟休息的陽具

般──米黃

的我　僅有　**Y**染色體，**負戴著格鬥士**和摔角手

的

象牙乳白，香檳黃

我　多麼

習於撕開對方的筋肉

擷出汁液的**聖杯**

月光黃，**抹香鯨黃**

黃

鮮黃，像素食者熟練地

剝著堅硬的堅果

含羞草黃，芥末黃

擠出其中潮濕內臟　和　黏稠體液

赭黃

卡其黃，迅速送入口中——**啊！盛大分泌的體液！**

黃綠，膿綠

是外星生物的胎衣　層層

蘋果綠，嫩綠

葉綠，草綠

層層苔蘚綠，包裹著我　如半透明的蜂嬰的**Y**

染色體，大腿

大大叉開地躺著，橄欖茶青

常春藤綠

鈷綠

像要嘔出外星寄生物般地吻著，碧綠

綠松石綠

青瓷綠

孔雀石綠

薄荷綠，鉻綠，透過Y

染色體我的下體瞄準了這世界

孔雀綠，愛麗絲藍

天藍，像要把螢光色的精液

一次全部洩入月夜的池塘

藍

蔚藍，天青藍，鈷藍

矢車菊藍，將那些顫抖歡躍的靈感的蝌蚪們

深藍，丹寧布藍

道奇藍，勇敢地**放生**

放生著自己

靛青

那般濃濁

薰衣草藍

午夜藍，又清明的波動　只能出現在肉體深處

的更深處，長春花藍

波斯藍

粉末藍，普魯士藍，青玉藍

的更深處，吸附在高潮中的**器官頂端**

鋼青

群青，蒼，

亮天藍

水藍，如指月之手　指著

湛藍，天藍

灰藍，**超越高潮的高潮**

薩克斯藍，碧藍，綠松石藍

的

更高潮──在我冥想時如月浮現的幻視中

青藍，孔雀藍，蔚藍，鈷藍

深海藍，品藍，天青石靛，鼠尾草藍

我　和我的**Y**，韋奇伍德瓷藍

岩藍

寶石藍

礦藍，濃藍，水手藍

染色體共同走上肉體聖殿的祭台

藏青

地球小腹上的金字塔尖，靛，暗礦藍

午夜藍，共同祈求四時都有**精下如雨**

並收割豐盛的體毛

紫藤，木槿紫

鐵線蓮紫，而且叛背了生殖的御令

紫丁香紫

薰衣草紫，我乘坐我的

Y染色體　飛離地球飛離人類

紫水晶

飛離已被馴化的一切顏色

紫，像一隻性慾強大　且

深思熟慮的蒼蠅

纈草紫

爬行在濃血湧噴的

思想的傷口邊緣

礦紫，**暗諭著**人類進化的

歧路

三色菫紫，亡羊，呵呵

錦葵紫

蘭紫，我極樂而

智慧的青春之泉

就在，淡紫丁香紫

淺灰紫　的

我的

Y

染色體上，盛大分泌

紅得

發

紫

2012/5/25

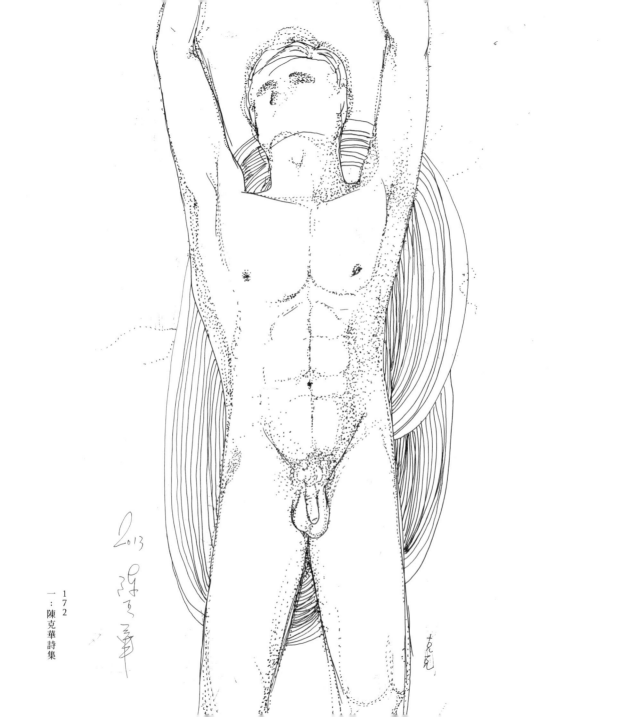

一：陳克華詩集

順著你的睪丸緊縮

——致Rodrigo

一、順著你的睪丸緊縮

順著你睪丸緊縮

上昇　緊縮　再緊縮

陰囊上浮現出衰老地形的皺褶

礦物結晶一般的細緻紋路——我的舌頭

一路來到巨大蘑菇的根部

像格林童話裡勤於逃家的男孩

長大，之後**勇於淫亂**的男人：

「形象，無止境的形象，**視覺型的男**人哪……」無法

自拔地想插入或吞下

在雨季結束時的微弱陽光中

誦唸著令蘑菇永續壯大的咒

：「我來了我就要來了⋯⋯（**不斷重覆**）」生命的
真相就要就此開顯
盛大的灑開與滲泌
像在喉嚨與軟顎間**不斷**撞擊的活塞
阻止了我的繼續發聲

然後就是噴泉了
遍地的噴泉遍地
不擇地皆可出的噴泉拯救了一切——
一切必須重新洗滌先從
靈魂的鼠蹊開始但有人

已經開始在穿上褲子
當肉體還萎靡在如戰壕般的床單
有人已經穿好了他好看的名牌內褲

動作和表情同樣輕快熟練
恰好包裹住了他**緩緩下降**的睪丸
睪丸上深深的刻痕，整齊，神秘
人類古遠記憶裡的卜辭與圖騰
——
逐漸　泯渙……

而一切的悲劇
始於那對一上一下
緊縮睪丸的
緩緩沉降

悲劇性
的
開始緩緩沉降

緩

　緩

　　沉

　　降

二、掰開你死死咬合的頸窩

掰開你死死咬合的頸窩
像發現一窩驚慌的蛇
藏滿敏感羞怯的**神經元**！
我的唇不自禁要在這低緩柔軟的草坡谷地
種滿傷口一般　**快感的**足印

撬開你抵死不開的頸窩

你深埋軟土裡的　混沌

初開的微弱電擊

沿你體表隆起的抽搐

使我有一種類似　但絕不等同歡悅的

強暴的錯覺：你身體對你的徹底欺瞞

你竟渾然不覺直到

直到我的下顎緊緊扣住你的

下顎　直到我的多事的舌繞行向你的耳根

像要揭示某種真相但

其實更想**插入或吸出**

你冰涼耳道裡潮暖的虛空

但手掌跋涉過你**體表**所有的雜草地帶

很難稱得上是風景的廣大地域

如今　至多都只呈現社區公園一般的開發規模

拘謹，保守，小小底崢嶸

規矩的行道樹或孱弱的亞熱帶雜林

而──而我當初亟欲享用的粗礪與原始呢？

我們當初亟欲一起享用的

狂舉的山林與崢嶸的岩層呢？

身體究竟是諸神退位的隱匿聖殿

還是鬼魅盤據的主題樂園？

──但你，你**循規蹈矩**的一身

已被規劃成乏味至極的集體公寓大樓

及大樓與大樓間影子覆蓋的社區公園
我的吻重重踩過
那不許踩踏的才要緩慢復甦

露水夜夜沾溼的草皮⋯

三、我要你在我肉體裡游泳

我要你在我肉體裡游泳
我要你在我肉體裡學會游泳
　：「要學會游泳你必先愛上水⋯⋯」
來，沉到我的身體裡來
勇敢沉到我身體的深處
隨意拍起一些浪花
讓耳朵裡眼裡嘴裡毛孔裡　　都是我

深吸一口氣捏住鼻子

屏息至窒息　再

再沉得　深　一些──

水中有縫　你不妨尾隨魚群鑽入

那水草莽莽天光微微的深穴

雙腿用力夾水一如我夾緊你

我們一起奮力**前進**

進入彼此更深地進入進入進

入像游著美麗的人魚式

或俏皮的海豚式，手臂划出垂天之雲

並在我胳肢窩裡架起滑翔翼：

「要學會飛翔必要先愛上風……」

但我的身體如此黏稠而你的

也是我們相互動彈不得迫

不及待要黏得更緊沉得更深更安靜

肉身的深海平滑如鏡

人間的碎片如細雪四下飄落

我們緊纏著墜落驚訝於這墜落永無止境

肉身的深海我們彷然虛脫被地心

拖引向失重的天堂只能我爬上你你

爬上我　的岸彼此擱淺在

彼此黏稠的小腹

劇烈起伏的肚臍——那時天地

玄黃宇宙洪荒

我們呼吸彼此肺中僅剩的氧

飲彼此口中的唾涎

看彼此瞳中的宇宙

和溼淋淋爬上岸的自己——

在旱死在彼此胸前的轍溝前的不及一瞬

相互

投下了愛慕的一瞥

四、我其實是只戀腿的

我其實是只戀腿的我愛的是腿

但如何愛上一條腿思慕他取悅他

寫**伊媚兒**傳簡訊

為他寫詩唱情歌欲死欲生——如何

只愛一個人的腿

從跪下來吻他的腳趾開始

還有那彷然從大理石礦裡浮出的無瑕的踝

那強韌的阿基里斯腱

向上懸掛肥美的兩尾比目魚

粗礪的膝和如刺的毛髮我一路

向上來到鼠蹊盡頭的噴泉和兩股之間的縱谷

稱之**不見天**或其實是一線天的區域

然後因為愛屋

及烏，而跨越過愛的邊界

而繼續愛著臀部的饅頭山和吊橋般的脊椎

向上，向上繼續愛著

陰毛終止的洞穴，喉節滑行的崖壁

於乳頭處引暴快感的地雷

向上，再向上便是

你的臉了——

抱歉了我無法愛上你的臉

「**神以　祂的形象造人，必然指的只有**臉**的部份……**」

而我愛的只是塵土，以及在塵土裡的螻蟻屎溺，還有

你的雙足

最接近塵土的人類的腿和腳

銘刻著人類所有的勞苦與承擔

跋涉與攀登，我來到與你雙眼平行的高度

：「那你愛著我身體的哪裡？」

不許提及靈魂或光

從塵土裡來的還得歸入塵土

不許你辨認出，並說是我的臉

你只可以從頸部向下愛著我

像百人中之九十九人那樣向下

直到塵泥深處都不許

回頭仰望

2012/12/17，2012/12/18

Chapter 4

城市

在塗鴉上塗鴉（柏林雜感之一）

在滿牆的塗鴉上
再塗上一隻鴉——

（為什麼是塗鴉，而非塗
鵝？）——在他那篇萬分鄭重的聲明稿裡
被糾正了一個錯別字

像一張淑女臉上
點上一顆象徵淫蕩的痣

——層層疊疊的妝上，總有人想再
增添些什麼——柏林圍牆前他些微不滿：

更加美好的，一點什麼——
（總有那麼一點

可以讓世界更加美好）
——他的聲明像一面柏林圍牆

早被塗鴉塗滿如今
塗鴉上又塗滿塗鴉

如今觀光客圍繞著拆掉的圍牆
疑惑著此時的空無一物

——哪裡有**鴉**
或**鴨**？

2012/12，2013/8

刪贅詞（柏林雜感之二）

今天你工作主題是刪贅詞

從來不曾如此**認真嚴肅**冷汗直流

地讀過一篇文章（這輩子）然後再

邊讀邊刪去自認為的贅詞如此

多餘如此太多餘的話語充斥

在應該直線穿越的街道每個人都在曲折說話

都說能不能請你直接一點　說

清楚講明白突然就下起大雨來了街上

所有的人都被淋溼溶化消失

連帶牆上滿滿的塗鴉也都飛走了剩下

我刪不去的空白的牆有人在

牆的面前演說今天工作的主題是

刪贅詞

2012/12/22

詞（柏林雜感之三）

「真實不過的人生裡
唯有動詞，」──某一本暢銷勵志書上
這樣寫著

「但真實人生的目標
卻是結結實實的形容詞，」
──譬如：快意的
富足的，微妙的，無二的，頭皮發麻的
無甚　恐懼的

甚至是
湛藍的　**清澈見底**　的

無所不在

的　曖昧的：「意義呢？」

我聽見無所不在

的

意義的語助詞

在問

2011/11/2，2012/4/7，2012/12/22

那一片斑駁的草地

那一片斑斑駁駁的草地忽然動了一下
是一隻顏色斑駁的麻雀。
那一片斑斑駁駁的草地忽然動了一下
是一隻顏色斑駁的蟋蟀。
那一片斑**斑駁駁的草地**忽然動了一下
是一枝顏色斑駁的草。
那一片斑斑駁駁的草地忽然動了一下

是一顆顏色斑駁的石頭。

2013/6

樣品屋之戀

我依照手機裡浮起的地圖
來到了城市裡那座魔蕈般長起來的屋子
是一位署名白馬王子的男孩

Sent給我的圖片果然一模
一樣除了更像是一棵
魔蕈——他說：那就是我們將分食一**顆毒蘋**果後沉睡並永遠
走不出來的迷宮

——他要我在門口等他在等當中
我可以紡一紡紗用稻草紡出一**整個房間的黃金**或
編織我的長髮成繩索以供
從窗口逃脫，這逐漸在夜色裡如蕈一般

發起光來的房子看起來更像

薑餅而我的白馬王子

還是沒有出現而我餓了

我很**餓**了而房子裡有人打開電視

和便當盒有人接了許多電話有人

微笑著陷入沉思

有人說好吧就這樣子

我再考慮看看──而我**餓**了突然想吃薑餅

但人群頓時如螞蟻般湧來

彷彿發現這房子原來是薑餅而他們

螞蟻般想吃掉薑餅──房子依然燈火通明

尋找公主的王子的舞會

男的西裝革履女的妝一點也沒花

當我正打算離開這時我的白馬王子走了出來

我以為他會歸還我的玻璃鞋

誰知他只是微笑吻了我

說：

小姐，這還需要考慮嗎？

2012

網路購物狂物語

大廈管理員頻頻按著門鈴，如童年記憶中
叔叔伯伯的熱情造訪
攜來令我雀躍三呎的禮物
：「陳先生，這裡有您的包裹……」

禮物的體溫維持短暫
然後房間逐漸
逐漸
被生活之不必需品
冷冷佔據──

我像一隻空曠恐懼的鳥
營營築著無卵之巢
深居其中
久了　也怯於飛翔──

但今晨對講機傳來快遞員的聲音：「

陳先生，這裡有您的包裹……」

年輕汗水浸泡的聲音

我立刻衝下樓　開門

簽名

──他長著一對**大眾情人**的深邃大眼

渾身風塵僕僕的汗水氣味，當

我低頭在他手中用力簽下**我的名字**時

他正捧著他的心　似地

捧著那張

被複寫過上千百次的簽收單……

2013/8

動物出走動物園

昨日動物園被炸燬的新聞傳遍全市
牛媽媽憂心忡忡　從冰箱取出了少許過期牛奶
告誡豬小弟們不要隨便出門：
「老虎叔叔最近到處闖禍……」

但兔子爺爺依舊在散步半途睡著了
烏龜大叔搶先越過終點線
前來按下門鈴：「
灰狼奶奶在家嗎？」

狐狸戴上小紅帽孤獨走在人類消失的下城大道
手中的火柴一根接著一根熄滅
老鷹警察俯衝下來銜走
她藍寶石的心臟：
「原來，原來我們

都只是失去柵欄的動物……」
被放生在水泥叢林

匿名，躲藏
扮裝成模範市民
成家立業娶嫁生育——小紅帽脫下她紅色斗蓬
來到每日上下班必經的動物園
鱷魚以　上級
或老闆
或路人甲　的　口吻對她說：
「**我要吃妳。**」但
同時還有方舟載來一千種動物

同樣饑餓
充滿耐心　排成長長的隊伍——

於是人類**紛紛脫下**人形的皮
在那個遭受空襲的城市午後
和動物們一起排隊對小紅帽說：

讓我吃妳，好嗎？

2012/11/22，2012/12/22

族譜

天地之始，彷佛
只能始於**我的父親**

而先於天地
生的，是台灣海峽，時歲1949⋯

海水動盪洶湧一如沸騰的原子湯
其中孕育野蠻而悲愴的人類誕生神話

成年後的我跨過海峽
平靜無波地被催眠至前世──

瓊花瑤草，金風玉露
我不曾謀面的先祖們正駕著群群白鶴

從西方前來與我相會：

「蓬萊仙島，東海之中…」

你該要好好棲息繁衍，詩禮傳家──

而我總是一次又一次

在這時

噙淚醒來

2011/11/16

重點所在

他下頜一縮擠出雙下巴：「這，
就是重點所在。」

說話的語氣，是重點所在
說這話時空氣中微微沉重的雲霧，是重點所在
那時聆聽者的眼睛像燭火戰抖了一下，是重點所在
那時地板上像拖過一塊冰的屍體，是重點所在
那時所有人的耳朵有一隻蜂鳥掠過，是重點所在
麥克風突然銳叫了一聲，是重點所在
從窗外掉進了一朵雲，是重點所在
一隻雀鳥雙翼齊齊被擺在講檯上，是重點所在
在場有人被橡皮擦擦掉只剩一隻鞋，是重點所在
禿頭者突然頭髮著火，是重點所在
一根試毒的銀針落地引發地震，是重點所在
陽光透過毛玻璃照在和昨天的位置上，是重點所在

一枚鎳幣沾著手汗掉入了許願池，是重點所在
光年外一顆流星**走著曲線**
再筆直地墜入黑洞
是重點所在

每個人說過的
都是重點所在（像葡萄成熟湧出藤葉間）

這就是，**重點所在**

2012/3/20

彩虹祭

——寫給朱安婕並其時代的負荷者

妳是在26歲時離開的。那正好也是

我常常想死的年齡

那時，愛　與死　往往就靠得那麼近

長得那麼相似

而我們，26歲的我們**偏偏就**給得出

那全宇宙就只我們才給得出的愛

——在還不及知道生命究竟

是一場祝福還是咒詛

的時候，我們便走過異性戀者走好幾輩子都

到達不了的高峰，吃進人情寒涼的風

瀏覽過全人類假愛之名

蹂躪殆盡的焦土，淡漠至透明的天際線

荒荒的**皇天　后土**　惟我們清明獨立

四週但有鄙夷的唾沫下如暴雨

　：「我的家庭真可愛，整潔美滿又安康，

姊妹兄弟很和氣

父母都慈祥……」

——**家庭**是今生第一首謊言，之後還有無數

謊言

可供我們繼續吟唱

而**聖經上說我們都該被活活燒死**

在我們還不明白死亡究竟

是一枝鴻毛還是一座泰山　的時候

我們便明白

我們　只能做被詛咒的鴻毛

：「你們當中沒有罪的，可以第一個撿起石頭……」

所以石頭立即紛紛飛至一如

26歲的妳凌空而下

飛過那延續香火光宗耀祖家庭美滿的人生——

而賴活者如我

繼續圓著異性戀症者高舉的謊

因不能愛　而怕死怕得要死

的我們

在距離26歲很遠很遠

在距離妳墜樓很近很近

的城市，不期然抬頭看見天空一角

因為妳的死

而飄著一道

淡漠至透明的　祝福的彩虹……

2012/5/25

與被造者同游

1　關於氣體的冥想

「我終於成為氣體了……」他冥想著

成為氣體中飄動恍惚的　一隻蜉蝣
在人類意識的黃昏水邊
螢火蟲掣起的燈火——被夜露捻息　後
他想降落，一朵深海水母般　美絕地降落　在

他皺褶起伏如山川大地的床褥上
：「終於，萬物都到齊了……」
鳥獸蟲魚那麼靜默
他的鰓鼓動了一下

吐出一個完美的泡泡

（泡泡　的影子　他的　一生

破　滅　成無數帶羽毛的種子……）

如流浪的晨鳥

飛過那寫滿了晨曦的

美麗遺囑的天空……

2　肉體與肉體的告別式

他寫好自己的訃聞

臉上泛起海豚般得意的微笑

收拾好昨夜被豪雨打落的幾枝羽毛

他側躺在潮濕的床上

原形成一條蛇

絲毫不受時間的誘惑

每晚他的人身走出門外

一路滴落麟片，黏液，與獠牙：

「我的**左蹄**受傷了……」因為

一生的奔走勞苦，他鋸下自己的犄角

磨粉合藥草服下

或將自己的尾巴和背鰭切下

拋入煉丹爐中和**瘋狂的銀與汞**

一起做一個

飛昇成仙的夢

2012/8/25

天地之書

1 天書

它時時改變　著　書寫　書寫的方式
以及書寫　背後的　心──

這本天書
至今天早晨為止
至少翻過數**十數百數**千億遍，
但仍以全新　的一頁
呈現在我蒼老的初睜眼瞳之前：

「真希望我能讀懂那朵雲⋯⋯」
從眼角瞥見
那又像仙人　又像鞋履

又像　隱去的魚骸

飛鳶　爪痕　獨角獸　遺落的鬃毛與　蹄印

般的雲的句子　被風掃過

立刻又重組生出

形象與意義

成另一頁，嶄新不曾重覆：

晝月，星辰，筋斗雲，噴射機拖曳而過的氣流，UFO….

在我下一次的**不及瞬目間**

又疾疾**翻**過了一頁

2　地書

「這大地，你摸　你看　你聽
你聞
像不像一碗噴香的粥……」

粥上浮著些肉眼難見的小蟲
正忙碌於陷溺　殺戮　掙扎
飛行　飛行之不能，脫離這碗粥的慾念……

「多想嚐一口這粥，呵呵！」：人類便也
逐日喪失飛翔的能力

身體粗重

肉慾濃濁

只能唾沫四濺地訴說：「你瞧，這土地多麼肥……」

莊稼如毛髮狂舉

體液依**節氣滋潤**

於是山川湖泊　鳥獸蟲魚　紅男綠女

盡成地書**插圖**──

這本盡有插圖的大地之書

時間**翻閱**遲遲：

這一頁　滄海

下一頁　桑田

2012/7/30，2012/8/3

Pi

— 致李安

1　方舟上

將整座動物園搬上豪華郵輪
向著洪水出發
像一顆承載地球全體生命之DNA的
時空膠囊──
我們把膠囊塞進捕獵之神的槍膛
瞄準星空

2　Pi

那是人類第一個知道的無限不循環小數
在星星　與　星星之間
黑暗的夜空中發光
從此我僅能用眼角餘光

時時看見

以騁目　流眄

凝望

3　斑馬

因為天生不具馴服基因

而與人類文明漸行漸遠的

斑馬，鱷，蜂鳥，犀牛與水母

既無法負重又不能取悅

更不能吃

只好任其生滅於天地之間

一如神　任自人類

4　猩猩

和人類只相差百分之零點貳
的基因就讓猩猩
永遠只能與森林香蕉
柵欄為伍：
「好聰明喔真像人類……」人類

站在**柵欄外**
真心讚美著。

5　鬃狗

只因為也吃腐屍
就永遠成不了英雄

像位居食物鏈最上層的虎啊豹啊

也就真的相貌猥瑣

下肢萎縮

彷彿隨時都

準備**下跪**

6　鬼頭刀

「生命本身**即是美麗**……」但

生

原是死的一部分

那週身不可思議的神奇綠光

正逐漸暗淡——

當我正切開你吃著你　的時候

你如餐桌之神如此

盛大顯現

7 藍鯨

每隔兩小時必須

浮上水面換氣一次那是

你為能無止盡地**嬉戲於大海**之上

而捨棄陸地所遭受的

懲罰　但

大海因此有了洶湧與

噴泉──一如人類因此誕生了

薛西佛斯

8　虎

住處誤闖進一隻老虎
食量奇大無法豢養**或訓練成寵**物的
野物，只好放生在內心
的廣大叢林裡任其不按時出沒

潛伏　捕獵　吼聲震撼大地
萬物臣服
——你終於打開門
走入叢林

9　獴狐

相傳有座獴狐之島

偶然會出現在你夢中

當你飢餓　乾渴　或感窒息的時刻

——那時宇宙崩壞

死亡現前　而你完全懵然不懂

竟登島捕獵——

直到你在一棵母親一般的樹下

醒來發現每隻死去的獴狐

都是一只

你失去多年的童年的臼齒

10 　相遇

「在那遙遠之處

人類所有的虔誠終將相遇，」那時

生命是無止境的假期

我們乘坐著DNA的時空膠囊

和方舟上所有的生物一起

飛向星空

2012/2

一顆眼屎

一顆眼屎出現

在惺忪的眼角

像一顆黃濁的淚　的屍體

濺自一條深廣的　來自夢土的河——

他從河面浮出

迫不及待吸進第一口空氣，在

生命第一個清晨

他醒來　饑腸轆轆

溼漉漉地爬上生活的岸

從身上滴下

黃濁的夢

正泛濫至他的足踝，**膝蓋**，腰，**胸**

滴入他從此一生的豐盛的早餐⋯⋯

2013/3，2013/8

詩人與情人
——聽劉孟捷

「十層褥單下躺著一顆豆子
令人徹夜輾轉難眠⋯⋯」

當帕格尼尼主題狂想曲被揭開
我遠遠坐在廉價票區的聽眾席上
座椅下藏著一顆豆子
當音符像目盲的蝙蝠衝撞著我：

「是彈奏者右手指節裡藏著一截鋼釘
莫名萎縮了的三吋橈側屈腕肌

還是左手無名指
戴了一枚隱形的魔法婚戒？」

蝙蝠的屍體堆積如山，血流
淹沒了我簇新的皮鞋和侷促的腳踝

「是情人們的心都裝了人工瓣膜？」
所有人都無情地聽見

於所有浪漫章節　高潮　最高潮的停頓處——
巨響著命運　節拍器般

規律前來的**重重**足音

2012/4/3

渡口

——五十歲寫給席慕蓉並賀新書「以詩之名」出版

突然知曉什麼叫做命運——知道了，那是命運
所不曾明示　或暗示

那當初從我身上拿走的
並沒有人　任何人
可以
完好如初地奉還——

當我獨自走在你離去的夜
記不起那時對自己說了些什麼
只意識到世上沒有　所謂
完美
的離別

只知自己真的是一個人了——
獨活　賴活
在青春荒蕪　回憶稀疏
歌弦俱寂的舞台前——

我們不曾被*祝福過的相遇*
終於封入了遺忘的深井
而那道生命的缺口
多年我仍可以看見淚水
從中滔滔地流逝——

該是從此該對命運俯首
還是將頭垂至泥土裡求？
歲月裡雲低風疾
欲雨的預感中　匆忙　之間

我將**孤獨**給我的僅有一朵微笑
遺留在了與你短暫握別的

渡口……

2011/8/2

致我同性戀的弟弟

——為兩位因相愛而遭吊刑的中東少年而寫

在那個並不遙遠還存在著反ㄐㄧ　ㄐㄧㄢ法的國度
住著我一個同性戀弟弟
第一次拜訪他，我深深訝於
我們長得如此相像
但他如此 **襤褸粗糙**　卻又如此
健康完整
而我如此文明優雅　卻又如此虛弱易脆——
他抱住我，喊我一聲：**哥！**
頓時我覺得我的某個深處
整個粉碎。我們一同去水邊打水
一同望著水面終於靜止時
顯現出的清麗容貌，他的眼珠，氣息
折射又折射依然清晰的靈魂
在幽深如 **眾人底恐懼** 的水底　又在

清朗的天上──他遞給我一碗水

我遲疑著，他說：「沒味道？」

於是他加入了一匙

混著螞蟻屍首的白糖

──在那個有反ㄐㄧ　ㄐㄧㄢ法的國度

我飲下那碗甜甜的髒水

躺在我同性戀弟弟身邊

聽著遠處的喧囂如叢林深處的殺伐聲──

在弦月孤星的凌晨

有人立起絞刑的架

有人展開裹屍的布

我和我同性戀弟弟睡了又醒

醒了又睡彷彿經過好幾個世紀

黑暗中撫摸著牆，牆上的細縫

縫中生出的草

草散出的香——我們一同做了個芳香的夢

夢中我們把彼此封在牆裡

他是遺世獨立的鬼魂**動彈不得**

手足冰冷且言語淒厲——

但，我身旁的這個同性戀弟弟

仍然選擇了溫柔和無知或

全知，所以原諒——原諒著人世的一切

所以可以無理由地歡悅——我們一同

從河邊走回來

那時世紀的太陽已經向晚了

千年的曆法已跟不上現下的潮汐與花季——

我，和我陌生又至親的弟弟　走著走著

可以聽見腳踩大地，和　心臟

撞擊著胸壁的聲音　像簡單至極的

兩部和弦　天和地

水和火　晝與夜　有和空──　二

而一　地那樣渴望合一

我們互抱著道別了，像和自己　久別

重逢

那時天空似碗覆蓋了下來

地底有歌：「**生之又生，生者始於暗；**

死之又死

死者終於冥。」我們同時聽見

彼此無聲的告別在天地之間

水火之間　晝夜之間　有空之間

死生之間

我　和我的影子之間　迴盪：

我愛你。

2012/10/15

註：「生之又生，生者始於暗；死之又死，死者終於冥。」
　　出於空海和尚「密藏寶鑰」。

2013

清楓

之前眾荷已經交頸耳語多時了
而你如殘梗的魂卻只匆匆顯靈了一瞬

如塘的人世淤泥沉澱出肥沃的萬座墳塚
田田的荷葉是索命的手鋪陳百里千里萬里的清涼煉獄

你的造訪比水上**蜻蜓的受精**更短更促更不及看清
你的沉默終究無法改變任何一株野草必然枯黃的命運

殺戮的巨岩仍然沉沉重壓泥土不動　靜定　不動
狂舉的山林軍人們螻蟻般進出尋找可活動又可拆卸的掩體

因為沉重的真相已晾曬在時光裡鄭重地腐朽
悠閒的風偶而會來翻閱人類眊盹困倦的發黃的心

緊身的軍服包裹起男人女人們強健驕勁的肉身和性器
但鼓脹脹的筋肉扶不起一副時時記惦真理的虛構骨架

有人坐下來喝豆漿一杯豆漿誰呵呵誰胯間的上好豆漿
有人被丟下海海水好喝鹹鹹的淚水和精液也都很好喝

軍艦如光耀的刀刃**滑利地**一道一道切割著柔滑水面
青白的屍體下沉下沉如一尾抹香鯨深海裡暗暗潛行

但是你又上昇上昇像無依無靠的氣泡紛紛
氣泡般的吶喊哽在粗嘎的喉嚨黑色的不斷賁張湧起的洞穴

我們強將死亡的礦油灌注在你粉紅浮腫的上校軍褲裡
你的死必**不被紀念**因為魚族已數完你如內衣般破碎的罪狀

但盛大的追思儀式如罪行**衍生的**豐厚利息每年提領
我們都知道清楚知道誰誰誰誰就是凶手但我們不說

少將是一枚發射螢光的官階上頭淬著甜甜的毒
而更高的官階是暗沉沉的金鑲著驚心如匕首的鑽眼

我們都知道知道凶手是誰誰誰誰誰誰誰但我們不說
我們的熠熠的領章上寫著愛愛愛**愛一個人**也就必須

殺掉那一個人。那是一種崇高但難解的愛的完成式
我們把旗語的密碼摺疊藏進你已**僵硬的關節**和領結

不留一絲靈魂地送走你你已成沒有根識知覺的鬼魂
鬼魂嬉遊於無垠的荒荒荷田滿天的神佛誰也沒發現

人間已被盛大地催眠連一隻最忿忿的軍犬
也懂得悻悻而殷勤地舔乾總統硬頭皮鞋上亮亮的痰

來。來。報效國家大家一起來。
從軍從軍最樂樂透透。（來，大家一起跟著我複誦）

而有一個名叫尹清楓的被催眠者從此永遠走進了催眠的世界
沒有人喚他：回來　**回來**　回來　回來　完成你人間的任務

他走得如此堅決因為他面對的是如此廣大的睡眠
無所不在的睡眠其中我們若無其事地擦亮了自己珍藏的徽章

我們勢必也將要在怒放盛開的荷花之下睡著了……不是嗎？
這清涼煉獄荷香是毒葉是業力**花原是貪瞋痴**慢疑

我們如交配後的蜻蜓伏在屍體上紛紛睡著，清楓，清風
像風翻閱過我們的顛倒之夢塵勞之心然後

我們攜手來到殺戮的巨岩之前祈禱
雨來如鋼筋柱柱穿過肉身血流如淚湧我們終究移不走

這已深入土地的殺戮綿延的命運濺開的血開成朵朵紅蓮舉向昭昭
但已盲目的青空窒息前的呼喊以音速**光速超光速**在天空來回撞擊

毫無出口地來回撞擊在我們夜夜安穩的胸口
我們，我們只好**時時**向著淌著男精女淫的軍人銅像行最最敬禮：

「誰？」
濃痰一般的聲音從**重病的**泥土中傳出

報告。我們，都叫
尹清楓。

2013/8/8定稿

深白

——寫給陳列並白色恐怖時代的負荷者

說著說著，我和你便來到昔日學校的操場
記憶中那遼闊的黃沙漠漠的荒寂感
如今竟然顯得侷促，是假日罷，
市聲悄悄，貓犬不吠
只能想像朗朗書聲從窗開一縫的教室裡
恍如隔世地流泄而出
一種清潔而深情的理想，彷彿
可以從中仔細聽出，**齊家**

治國，平天下，在濱臨整個太平洋的小城
陽光懶成一條黃狗橫臥的下午
無人的籃球場仍傳來球框震動的聲響
無事就是好日的花蓮一日
鯨群如潛艇沿著海岸游動
波濤不驚聲色不動
翻車魚成列徜徉在洄瀾洋流裡翻車

飛魚飛剌如萬箭齊發——

很難想像幾排教室又幾排木麻黃

之外，就是不可思議的藍

無垠的藍　的複雜　漸層　又截然

劃分——

但，我們確實被白圍繞

白霧般，安靜，沉穩，欲語還休

欲言又止的霧，在陽光尚未真正露臉的清晨

曾如此潮溼　晦暗　黏膩地盤據校園

「深白，」

在密密種植著鐵莧羊蹄甲與黑板樹的角落

「深白，」

在貼著愛國壁報標語的教室後門旁邊

「深白，」你突然說：「你還記得那位叫做

林深白的同學嗎？」

總是中午默默低頭吃完幾乎只有白米飯和醬油的大便當
的那個男生，總在晚自習結束後最後一個離去
：「你，知道他後來怎麼了？」
聲音在講台　與板擦之間來回震盪
拍落了不知從何而來的陣陣粉筆灰
我們從窗戶的縫中看見昔日桌椅排列的模樣
——現在，他應該還立在**走廊盡頭**的洗手檯清洗便當吧
之後漱口，涮地大聲吐出
滿臉報考軍校的志氣
風聲雨聲讀書聲聲聲入耳
的那種抱負，一個名叫
林深白的窮人家的小孩
買不起參考書和新球鞋，時常繳不出班費的林深白
彷彿我們同學過
但實在已記不清　許許多多人的後來

246
一：陳克華詩集

像一本翻過太多遍　而脫頁的畢業紀念冊──
確定，我們都確定其中並沒有一個
林深白的名字
但　白　的確是　深深的，
深深的霧，包圍著那一段永遠看不清的歲月
從中不斷湧出又不斷陷溺又吐出
一些不能被證實的記憶片斷
許多生命在那裡停頓了
無從轉彎或者後退
我們在手抄的電話號碼記事簿裡
紛紛塗掉一些名字
「但你不可能塗掉　白⋯或自己，」我想抗議：
白，就只是白而已
只會愈塗愈黑愈深，深深的白
在大腦與嘴唇之間，眼淚與胸臆之間

虛構與真實之間

幻想

與理想之間，誠意，正心，

修身，**緩緩展開**的一封長長自白書

可以無止境地寫滿　填滿

那如霧般湧出的記憶——

然後　許多生命就在那裡　停頓

像鬼魅停頓在晚自習時**昏暗燈光**裡

林深白取出那細心以月曆紙包裹起來的課本

翻開那密密寫滿註腳的一頁：

希望之為虛妄

一如絕望——

他有著不合乎他年齡的熱切而蒼老的眼神

平頭如蒺藜

一手如雕刻的字

之後獨自鎖上教室的門

在黃昏的淡紫色空氣裡去到黝黑不見五指的車棚

取最後一輛腳踏車回家

那時他的書包是垂掛在車**頭左邊而**

煞車在右邊，記得明天的小考三個星期後的期末考

三個節氣後的聯考；

但林深白卻是一點也不擔心的

那種家事國事天下事事事關心的

不擔心，此時太平洋的黑色平野上異樣地亮起了萬點漁火

「是魚汛！」林深白打心底喊了一聲

同時腳底加緊了力氣

逆著強勁東北季風一口氣騎上

可以望盡整個太平洋的那道陡坡　的盡頭——那時

那時已經是夜了；

林深白的眼中同樣高昂地**燃著**萬點漁火

：「有誰在這時候還在黑暗的田疇裡耕耘光明？」

林深白風也似地騎著他那輛破舊經常落鏈的腳踏車

筆直地朝時代的黑暗衝了過去

一個從此消失記憶裡的名字

「你難道都不記得了嗎？」你不能置信——

你和林深白曾經是最要好的朋友.

「然後四圍便都是霧了…」

我們從立有雕像的地方走出了校園

知道了白，深白

曾經就坐在我隔壁，那樣朗朗地笑著的表情

我們交換過便當

或者　交換過更多不會**大過一個便當**的秘密

那時還不明白　**白**

怎麼能是深的——在生命停頓的那個晚上

在許多生命無從後退或轉彎的那個晚上　彷彿

我彷彿就要記起

當那魚汛來臨我也曾如**萬點漁火**中之其中一點

那樣炙熱　微弱　顫抖……

2012/9/24

一

一之一

說完人類究竟孤絕的十萬個理由
他趕赴醫院檢查嘴角的水皰
：「*每個靈魂之獨一性*竟然在人類**時間感的縫隙裡**發酵，
滋生病菌……」
他獨自巡梭於言說的雙瞳　看見
在他之前有一百個人排隊
每個人嘴角都長著水皰

同樣怒氣**沖沖**
不耐，咒罵著護士
醫生，醫院
醫療制度，衛生環境，國民素質

咒罵保險給付，政府官員　和民意代表
國家，人類
人類的**基因**

大自然。天和
地，宇宙，時間和進化

咒罵著五行陰陽，氣脈，生命本質
——終於輪到怒氣沖沖的他坐下來
在醫生面前

他再也感覺不到獨一和孤絕
他專心談論他嘴角的水皰。

一之二

從三溫暖的暗室走出來
是每個週末都相似的午后陽光
映照在Locker Room鏡子前方
他穿回之前脫掉的衣服鞋襪
恍惚感覺　恍惚的現代原是遠古的洪荒——

在更衣室的飲水機漱了漱口
想漱掉嘴裡三個人的唾液
十幾個人的精液
的味道——但誰知道？
誰知道那不是成千上萬人民的精液和唾液？

──如今都混和在他的身體裡
像不該混合　著　喝的酒
發酵出令人無法抵擋的醉意──
他感覺著　此刻
身體裡有一群人

一群飢渴地相互飲下的男人
酩酊著跌入彼此的身體：

「從此**真正成為彼此的一部分**──」
如今，他既是一人
又是千千萬萬人

帶著一己的**體液**
在黑暗中　和鬼魅般的族人

交換過

歃血為盟的眼神⋯⋯

一之三

他餵了牛牛的屍體

因此牛長出肥美的牛肉

在這萬物眾生井然編就的食物長鏈上

他首先發明了這**美好的**例外

因此他餵鷹鷹的蛋

餵蛇蛇的毒

餵蠶蠶的繭

餵鼠鼠悄無聲息的恐懼

餵羊羊高掛的角
餵虎虎鞭餵**熊熊膽**
餵鮫鮫的淚
餵玫瑰玫瑰傷人的刺

餵天天空的雲
以雷電一刀刀劈開雲的腹肚
餵地地裡的礫石
他撿起湖邊一顆鵝卵

遠遠拋入他心平如鏡的湖面，深不可測⋯⋯

餵詩詩的音節和意象──樹，
他餵樹樹的亭亭與青青
欣欣與靜靜

於是，天地
萬物　和他

和牛，就這樣

瘋了

一之四

養的鸚鵡打了一**個噴嚏**。早晨
新聞播出遙遠的海域刮起了颱風
那時你手中的雞蛋
正好落入煎鍋發出死前的**絲絲**
哀嘆，你絲毫不覺

此刻　世界新聞　與你有何相干——
但此刻一顆病毒正從非洲綠猴身上
出走，像當年梅毒螺旋體從美洲玉米田裡
搭著水手的身體進入歐亞大陸

最終
在滿清一位清秀而絕望的皇帝
的龜頭上定居——此刻
咖啡如黑色的浪潮襲來
沖刷著你夜夢的崖岸

你大腦萎頓肉體孱弱但
靈魂掙扎醒來
「發燒了？」你含住體溫計胃口全無

意識到全世界的每一個早晨
都有一隻鸚鵡不約而同打了個噴嚏

口沫沾附著空氣分子
隨颱風掃過每個鸚鵡主人的早餐
你的體溫呼應地球
的體溫，太陽如窗外
一棵**不按時**開花
結果的石榴，裂出了瘋狂的血紅的嘴──

當你決定吃掉那盤煎蛋
幾顆晶瑩剔透的病毒
落在你肥美溼潤的舌頭上

如探索暖化的科學家
在野地裡紮著營……

一之五

他第一千次下定決心學會游泳。
立在一汪人工藍的池水前
他同第一次立在這裡時　同樣恐懼
絕望，不解
：人不是**打從娘胎裡**

便漂浮在羊水裡？
——他望著那浮著幾個人頭濺著幾處水花的池水
看見了其中的屎溺和各種人類
分泌的體液和排泄
充滿細菌，原蟲，灰塵，孢子，蟎
氯，殺菌劑和漂白水——

像一鍋宇宙混沌時期的原子湯
黏稠，高熱，躁動；
有人如一道閃電跳入其中
開天闢地

終於有人開出了竅，生出了鰓，長出了鰭
有人指趾間有蹼游得飛快

有人溼漉漉地爬上了岸
甩了甩頭髮
朝他招手：「

還不下水站在那裡幹嘛？」

一之六

他不知道人類使用罌粟和大麻已好幾萬年了。
但法律禁止了這些天性美好的植物
和人類繼續交朋友──
隔著大腦和理智
被拘禁的罌粟和大麻

只能遙遠虛弱地生長在鐵柵欄的後頭然後
人類在工廠裡開始
大量合成罌粟大麻的複製人

複製人來到每個失眠者的睡眠裡
憂鬱者的笑容裡
躁者的謙卑裡

精神分裂者的開悟裡
精神官能症者的涅槃裡
精神耗弱者的真如裡
人格違常者的空性裡
強迫症者的自由意志裡

「來！」複製人如直銷**會員**大聲疾呼：「
來，我們共同來讓你的妄想幻覺
成真……」

成為地球上惟一的真實——
我們如是被廣大地催眠
成朝九晚五　結婚生子
奉公守法　睡眠正常
的地球人——

並且如複製人般在充滿**陽光雨水**的地球溫室裡

勤奮摘除罌粟和大麻

所有可疑的幼苗和種籽……

一之七

那具肉身靠著他　　愈來愈**近**

且倚靠著，而且是他所喜愛的那樣斜斜

倚靠著　　他

──之前　　他們的靈魂相互邀請

已經很久了：「只因為一秒

人間虛擲的每一秒

對神靈而言

都是漫長的地老天荒──」有人提醒他：

「絕對不能用套子……，否則，」
便褻瀆了這次肉體節氣裡的神聖意志

：「但，享樂時人類是軟弱的，」他

想起雙修法的樂
空　不二──
如果，做愛**可以也是**一種修行
（一如鬧出醜聞的那些大修行人所說的）
就好了。

（只要是任何一種修行他媽的都好）

但做愛於他
就只是做*愛*而已

做做做

哪裡也**去不了**

他只能忠實地以肉體

行事，彷彿人間高潮的一秒

真的是神靈世界的天長地久

（的那樣——）

地，高潮了——一顆顆如噴泉湧出的病毒

像地球無處不在的泉水

每當他掬捧著滋潤靈魂的肉體　並

一口飲下時，他才彷然明白

這如萬泉之泉源頭的清涼原是不擇地皆可出的

一。

2013/4/3,2013/4/30

2013. 張生華

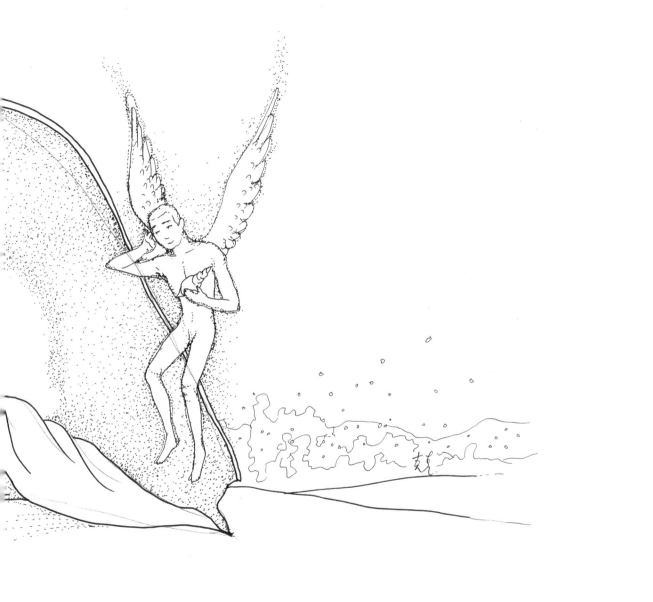

閱讀大詩33　PG1320

 一：陳克華詩集

作　　者	陳克華
責任編輯	黃姣潔
圖文排版	楊家齊
封面設計	蔡瑋筠

出版策劃　釀出版
製作發行　秀威資訊科技股份有限公司
　　　　　114 台北市內湖區瑞光路76巷65號1樓
　　　　　電話：+886-2-2796-3638　傳真：+886-2-2796-1377
　　　　　服務信箱：service@showwe.com.tw
　　　　　http://www.showwe.com.tw
郵政劃撥　19563868　戶名：秀威資訊科技股份有限公司
展售門市　國家書店【松江門市】
　　　　　104 台北市中山區松江路209號1樓
　　　　　電話：+886-2-2518-0207　傳真：+886-2-2518-0778
網路訂購　秀威網路書店：http://www.bodbooks.com.tw
　　　　　國家網路書店：http://www.govbooks.com.tw
法律顧問　毛國樑　律師
總 經 銷　聯合發行股份有限公司
　　　　　231新北市新店區寶橋路235巷6弄6號4F
　　　　　電話：+886-2-2917-8022　傳真：+886-2-2915-6275

出版日期　2015年4月　BOD一版
定　　價　450元

國家圖書館出版品預行編目

一：陳克華詩集 / 陳克華作. -- 一版. -- 臺北
市：釀出版, 2015.04
　　面；　公分. -- (閱讀大詩；33)
　BOD版
　ISBN 978-986-5696-94-8 (平裝)

851.486　　　　　　　　　104003570

讀 者 回 函 卡

感謝您購買本書，為提升服務品質，請填妥以下資料，將讀者回函卡直接寄回或傳真本公司，收到您的寶貴意見後，我們會收藏記錄及檢討，謝謝！

如您需要了解本公司最新出版書目、購書優惠或企劃活動，歡迎您上網查詢或下載相關資料：

http:// www.showwe.com.tw

您購買的書名：_____

出生日期：_____年_____月_____日

學歷：□高中 (含) 以下　　□大專　　□研究所 (含) 以上

職業：□製造業　□金融業　□資訊業　□軍警　□傳播業　□自由業　□服務業　□公務員　□教職
　　　□學生　　□家管　　□其它_____

購書地點：□網路書店　□實體書店　□書展　□郵購　□贈閱　□其他

您從何得知本書的消息？

　　□網路書店　□實體書店　□網路搜尋　□電子報　□書訊　□雜誌　□傳播媒體　□親友推薦

　　□網站推薦　□部落格　　□其他_____

您對本書的評價：(請填代號　1.非常滿意　2.滿意　3.尚可　4.再改進)

　　封面設計_____　版面編排_____　內容 _____　文／譯筆_____　價格_____

讀完書後您覺得：

　　□很有收穫　□有收穫　□收穫不多　□沒收穫

對我們的建議：_____

_____

_____

_____

11466

台北市內湖區瑞光路 76 巷 65 號 1 樓

秀威資訊科技股份有限公司　　收

BOD 數位出版事業部

....

（請沿線對折寄回，謝謝！）

姓　　名：＿＿＿＿＿＿＿＿＿＿＿＿＿　年齡：＿＿＿＿＿　性別：□女　□男

郵遞區號：□□□□□

地　　址：＿＿＿＿＿＿＿＿＿＿＿＿＿＿＿＿＿＿＿＿＿＿＿＿＿＿

聯絡電話：(日) ＿＿＿＿＿＿＿＿＿＿＿＿　(夜) ＿＿＿＿＿＿＿＿＿＿＿＿

E-mail：＿＿＿＿＿＿＿＿＿＿＿＿＿＿＿＿＿＿＿＿＿＿＿＿＿